L'AVENEMENT

DE

LOUIS SEIZE

AU TRONE,

O U

LA FRANCE CONSOLÉE,

POEME.

Par M. FORTY.

A PARIS,

De l'Imprimerie de CAILLEAU, rue S. Severin, dans
la Porte cochère à côté du Papetier, vis-à-vis
des murs de l'Eglise.

═══════════════════════════════

1774.

L'AVÉNEMENT

DE

LOUIS SEIZE

AU TRONE,

OU

LA FRANCE CONSOLÉE.

MUSE, viens m'inspirer, viens prêter à ma voix
Ces sons harmonieux dont tu chantes les Rois;
Qu'en mes Vers aujourd'hui, paré du Diadême,
AUGUSTE se retrouve & s'admire lui-même,
Que l'Univers connoisse à ses rares vertus
Que Rome justement nous vante ses *Titus*.

Écarte ces discours qu'inventa la contrainte ;
En parlant de mon Roi, je dois parler sans feinte,
Ennemi du mensonge & de la fausseté,
Aux yeux des Nations offrons la vérité.

Tu m'exauces : déja je ressens dans mon ame
Le précieux secours de ta divine flamme ;
Les trésors du Parnasse à mes yeux sont ouverts.
Venez, accourez tous, Peuples de l'Univers,
Venez, des Souverains je chante le Modèle,
Sur nos Bords fortunés ma Muse vous appelle ;
Venez, prêtez l'oreille aux accens de sa voix.

LOUIS régnoit encor : le plus chéri des Rois,
Il jouissoit du haut de sa toute-puissance,
Du sourire flatteur des Peuples de la France.
Quand du fond des Enfers un Monstre audacieux,
Un poignard à la main, la rage dans les yeux,
Remplissant de son vôl les airs qu'il empoisonne,
Plane & vient se fixer sur les ntarches du Trône ;

Son souffle envenimé répand par-tout l'effroi ;

Tout fuit, tout se disperse... O mon Maître, ô mon Roi !

Là , savourant déja le plaisir de son crime

Le Monstre en souriant contemple sa victime.

Arrête..... Mais , hélas ! mes cris sont superflus.

Il s'avance.... & déja mon Prince ne vit plus.

LOUIS n'est plus : Français, partagez mes allarmes,

Auprès du lit de mort venez porter vos larmes ;

Que le Français apprenne à l'Univers charmé,

Comme il aime son Roi, comme il en est aimé.

Ce crêpe dont je vois la France enveloppée ,

Pour un Prince expirant est le plus beau trophée.

O Peuples ! descendez dans la nuit des tombeaux ...

Mais quel Héros s'avance au milieu des flambeaux ?

Une nombreuse Cour le suit & l'environne ,

La France sur sa tête a posé la Couronne ;

Son front est obscurci par de vives douleurs ;

Aux pleurs de tout un Peuple il vient mêler ses pleurs.

A ces généreux soins, qui peut le méconnoître ,

Français, rassurez-vous , AUGUSTE est votre Maître

Il va vous confoler d'un Roi que vous aimiez ;
Connoiffez fon amour & tombez à fes pieds.

Et toi , Mufe cherie , acheve ton ouvrage ,
De fa propre grandeur faifons-lui notre hommage.
AUGUSTE me permet de chanter dans mes Vers
Des Vertus qui feront le fort de l'Univers.

AUGUSTE met un terme à fa douleur profonde ;
Il pleure , mais il veut que le bonheur du monde
Soit un don bienfaifant de fes auguftes mains :
Il fçait qu'il fe doit tout au repos des humains ;
Il connoît fes devoirs : Pere de la Patrie,
Il voit avec plaifir fa Famille chérie
Lui montrer dans fes yeux le prix de fes bienfaits ,
Le prix le plus flatteur le plus cher aux Français.
A peine a-t-il franchi les barrieres du Trône ,
Qu'en bon pere il renonce aux droits de la Couronne ;
Il ne veut réferver que le droit généreux
De veiller à fes Fils & de les rendre heureux.

Siécle heureux des HENRIS !... à peine à son aurore,

AUGUSTE nous promet des jours plus doux encore.

Par ses ordres déja les trésors de Cérès,

Moins chers, plus abondans germent dans les guérets,

Et des événements ne craignant plus l'injure,

Le Laboureur se livre au soin de leur culture.

Tout renaît à la fois, les Talents & les Arts,

Pour célébrer mon Roi s'offrent de toutes parts,

Les Muses, à l'envi, s'empressent à lui plaire,

L'une sous un habit élégant, mais sévère,

Dépose à ses genoux l'histoire des combats,

Et rehausse à ses yeux la valeur des Soldats.

L'autre d'un lin modeste enveloppant ses graces,

Lui peint la Piété qui marche sur ses traces.

Tout concourt à la fois pour flatter son grand cœur,

O mon Prince voilà la source du bonheur.

Fuyez, éloignez-vous, fléaux de nos Provinces,

Ne souillez point la Cour du plus juste des Princes.

Tremblez, ô vous chargés du sort des malheureux,

Louis veille sur vous comme il veille sur eux.

A. iv

A ſes yeux vigilans, tout parle, tout s'explique;
A ſon auguſte aſpect la fauſſe Politique
Cache dans la pouſſiere un viſage abattu;
Tout doit y reſpirer, la paix de la Vertu.

O vous ! ſages Mortels, que la raiſon inſpire,
Vous, qui par le haſard, nés ſous un autre Empire,
Enviez le bonheur de nos Peuples heureux,
Venez, ſoyez Sujets & Citoyens comme eux,
A la Cour du Héros que la France révère,
La ſage Vérité n'eſt jamais étrangère.
Venez, embelliſſez le Trône de nos Rois;
Aſſis à ſes côtés faites régner les Loix;
Verſez-nous les bienfaits de ſa Main paternelle,
Du haut de ſa Grandeur, Auguste vous appelle.
Pour un Roi vertueux quel ſpectacle plus doux !
Il veut vous raſſembler & vous couronner tous.

Mon Dieu, ne trahis point ſa plus chere eſpérance;
En ton ſecours divin il met ſa confiance,

Il veut nous rendre heureux : Dieu juste, Dieu de paix !

Daignes compter du moins ses jours par ses bienfaits.

Mais quel morne silence a fait place à l'ivresse?

Je ne suis plus frappé de ces cris d'allégresse,

Qui des âges heureux célébroient le retour,

La plus obscure nuit succede au plus beau jour.

Le Ciel s'apprête encore à d'horribles tempêtes,

L'éclair brille, & la foudre éclate sur nos têtes :

Nos peuples accablés sous le faix des douleurs,

Levent au Ciel leurs yeux obscurcis par les pleurs.

Français, où courez-vous ? Jour triste & lamentable!

De Citoyens tremblans une foule innombrable

Court & se précipite au Palais de nos Rois,

Ah ! faudra-t-il gémir une seconde fois?

La France désormais, du Ciel abandonnée,

A des pleurs éternels est-elle condamnée ?

Peuples, accourons tous. . . . Ciel ! ô Ciel ! qu'ai-je vu?

Sur un lit de douleur AUGUSTE est étendu . . . .

En vain mille tourmens combattent son courage,

La Paix de la Vertu se peint sur son visage :

A l'afpect de fon Peuple inquiet, allarmé;
Il fourit : Ah ! dit-il, qu'il eft doux d'être aimé !
Ce Peuple cependant, content dans fes allarmes,
Ne quitte point ce lit, qu'il baigne de fes larmes ;
Il ne peut fupporter le tableau déchirant
Des dangers de la France & d'un Prince fouffrant....

Quand du Ciel tout à coup un grand coup de tonnerre
D'un éclat enflammé vient éclairer la Terre.
Le Ciel s'ouvre, & bientôt il préfente à nos yeux
Au milieu des éclairs un trône lumineux.
Là le Génie heureux qui préfide à la France,
Paroît, & quelque tems voit avec complaifance,
Dans ce Peuple pleurant & tranquille à la fois,
Le monument flatteur de la bonté des Rois.
GRAND HENRI, dont encore on vante la mémoire,
Affis à fes côtés, tu partages fa gloire ;
Mais de l'Olympe, enfin, tout à coup defcendus,
Ces fons majeftueux font vers nous parvenus.

» Peuples, ne craignez plus les cruelles atteintes
» D'un mal contagieux, le sujet de vos plaintes;
» D'un amour paternel, rare & sublime effort !
» C'est pour vous que Louis s'exposoit à la mort.
» Et toi, fille d'Enfer, Furie insatiable,
» Monstre altéré de sang, dont la rage implacable
» Osa frapper nos Rois, par ta main moissonnés,
» Porte ailleurs tes serpens, tes traits empoisonnés ;
» Respecte un Souverain si cher à sa Patrie,
» AUGUSTE, pour son Peuple a bravé ta furie.
» Français, rassurez-vous, je remplis tous vos vœux :
» Il vit pour vous chérir & pour vous rendre heureux;
» Je veille sur ses jours; mon heureuse influence
» L'accabla de bienfaits au jour de sa naissance.
» Les Graces, les Vertus, par un charme nouveau,
» De guirlandes de fleurs ornerent son berceau;
» A peine issue du sein d'une Mere chérie,
» Sa bouche prononça le nom de la Patrie;
» Français, voilà le Roi que je vous ai promis;
» Il régnera long-tems sur l'Empire des Lys.

» Il ne doit rien au rang dont l'éclat l'environne,
» Sa Vertu fait sa gloire , elle honore le Trône.
» La Justice autrefois , tremblante & sans appui ,
» Jouit de sa puissance & marche devant lui.
» On ne voit plus la fraude , on ne voit plus le crime ,
» Sous le voile imposteur d'un zèle magnanime ,
» Briguer insolemment le prix de la Vertu ;
» Sous les pieds de Louis le Vice est abattu.
» O Français, apprenez le destin de l'Empire ;
» Dans le Livre Sacré pour vous seuls je vais lire.

» C'est peu d'avoir déja, par des ordres prudens ,
» Rappellé de Cérès les secours abondans,
» D'avoir, en un instant , d'une voix intrépide
» Effrayé des Tyrans la cohorte perfide,
» D'avoir dans les détails d'un Royaume étendu,
» Porté sans se lasser un regard assidu ,
» A de plus grands efforts son cœur encor l'appelle.
» De son troupeau chéri Pasteur sage & fidèle,

» Il veut apprendre encore à tous les Souverains

» L'Art rare & précieux de régir les humains,

» De leur faire adorer la Puiſſance Suprême,

» Et de les rendre enfin plus heureux que lui-même.

» Projet ineſtimable & digne d'un grand Roi !

» Heureux tous les Sujets qui vivront ſous ſa Loi !

» O vous ! triſtes jouets d'un deſtin déplorable,

» Vous que le déſeſpoir, que la miſere accable,

» Venez à ſes genoux dépoſer vos malheurs :

» AUGUSTE n'eſt point fait pour repouſſer vos pleurs ;

» Venez, de votre ſort il veut être l'Arbitre ;

» L'auguſte humanité ſera ſon plus beau titre.

» Qu'il ſera doux de voir un Monarque puiſſant,

» Raſſembler tous les vœux d'un Peuple obéiſſant !

» N'avoir autour de lui pour eſcorte fidelle

» Que ſa ſoumiſſion, ſon reſpect & ſon zèle,

» L'Europe le verra triomphant, adoré,

» Arborer de la Croix l'Etendart révéré ;

» Et faiſant reſpecter la Vertu qui le guide,

» A l'immortalité voler d'un pas rapide. »

Il dit & difparoît : La foudre & les éclairs

Embrafent de nouveau la région des airs.

Le Peuple en un inftant, à l'allégreffe en proie,

Sur fon Prince chéri verfe des pleurs de joie.

O vous ! qui partagez la gloire de Louis,

Vous, qui réuniffez les Graces & les Ris

Au talent plus heureux de régir un Empire,

Regnez long-tems fur nous : votre aimable fourire

Eft de tous nos refpects le prix le plus flatteur.

Louis regne fur nous, vous regnez fur fon cœur.

Chaque jour fur le front d'un Prince qui vous aime,

De lauriers & de fleurs ornez le Diadême ;

Montrez à l'Univers, à vos pieds confondu,

La Beauté fur le Trône unie à la Vertu.

F I N.

Lû & approuvé ce 21 Juillet 1774. MARIN.

Vû l'Approbation, permis d'imprimer ce 23 Juillet 1774. DE SARTINE.